U0725822

献给大卫·麦基

不会画画的大象

Bu Hui Huahua De Daxiang

出版统筹：伍丽云
质量总监：孙才真
责任编辑：窦兆娜
责任营销：谢思聪
责任美编：唐明月
责任技编：马其键

Pablo the Artist

Text and illustrations Copyright © 2005 by Satoshi Kitamura

Simplified Chinese edition copyright © 2023 by Guangxi Normal University Press Group Co., Ltd.

This edition arranged with Andersen Press Ltd. through Bardon-Chinese Media Agency.

All rights reserved.

著作权合同登记号桂图登字：20-2015-027号

图书在版编目（CIP）数据

不会画画的大象／（日）喜多村惠著、绘；柳漾译 . --
桂林：广西师范大学出版社，2023.5
（魔法象 . 图画书王国）
书名原文：Paolo the Artist
ISBN 978-7-5598-5846-7

Ⅰ . ①不… Ⅱ . ①喜… ②柳… Ⅲ . ①儿童故事 –
图画故事 – 日本 – 现代 Ⅳ . ① I313.85

中国国家版本馆 CIP 数据核字（2023）第 042253 号

广西师范大学出版社出版发行

（广西桂林市五里店路 9 号 邮政编码：541004）
网址：http://www.bbtpress.com
出版人：黄轩庄
全国新华书店经销
北京博海升彩色印刷有限公司印刷
（北京市通州区中关村科技园通州园金桥科技产业基地环宇路 6 号 邮政编码：100076）

开本：889 mm×1 100mm 1/16
印张：2 字数：25 千
2023 年 5 月第 1 版 2023 年 5 月第 1 次印刷
定价：44. 80 元

如发现印装质量问题，影响阅读，请与出版社发行部门联系调换。

不会画画的大象

〔日〕喜多村惠/著·绘　柳 漾/译

GUANGXI NORMAL UNIVERSITY PRESS
广西师范大学出版社
·桂林·

胡夫·莱恩艺术俱乐部的成员都很激动，因为将要举行一场俱乐部作品展。

大家都在忙着画画，除了大象巴勃罗。

巴勃罗一直以来的梦想就是画展上能有他的一幅作品，可是，现在他对着空白的画布，双臂交叉，一筹莫展。

他画了装在瓶子里的花朵，

还给朋友画了像，

甚至连抽象画也试过了。

可是，哪种都感觉不对！
"我想我不太适合当艺术家！"
巴勃罗叹着气说。

"你要不要出去走走，试一下风景画，或者别的什么？"茶歇的时候河马小姐提议。

"好主意！"狮子莱昂纳多很赞成，"在我看来，除了自画像，最好的选择就是画一幅优美的风景画。"

莱昂纳多很擅长为自己画像。

"可能你是对的。"巴勃罗说，"我会试一试。"

第二天，巴勃罗早早就起来了，一个人来到乡下。

走了一段时间，他终于
发现了一处迷人的风景：一
棵高高的橡树，背景是一
片绿色洋溢的树林。

"肯定能画一幅美丽的
风景画。"说完，他马上支起
画架，装上画布。

整个上午，巴勃罗都在画画。

快到中午时，他画好了树，还有大致的背景。

"看起来还不错吧。"巴勃罗不太确定地自言自语，"算是开了个好头，下午肯定会画得更好。"

巴勃罗带的午餐很丰富。

"光靠艺术，大象可活不下去。"他叹了口气，
抓起一块三明治塞进嘴里。

吃完东西，他昏昏欲睡，于是决定
躺下来休息一小会儿，不过，他
立刻就睡着了……

附近有只绵羊在散步。

他看到了支在草地中间的画架，还有画布。

"一幅画？"他说，"太有趣了！"

不过，尽管他很欣赏这幅画，但总觉得哪里有些不对劲。

"啊，我知道了。"绵羊说，"草地不对！看起来一点儿也不可口！"

于是，绵羊抓起画笔，将草地画成了鲜美的嫩绿色。

一只松鼠匆匆经过。

她看到这幅画，停了下来。

"一幅画！"她叫了一声，好奇地盯着画面。

很快，她就发现少了点儿什么。

"没坚果！没坚果！我竟然看不到一颗坚果！"于是松鼠抓起画笔，在树上画了很多坚果。

一只小鸟飞了过来，瞅了瞅这幅画。

"想听听我的意见吗？这幅画太没希望了！"他说，"没有一只鸟儿愿意在这么暗淡的天空里舒展翅膀。"

他叼起画笔，把天空涂成了明亮的蓝色。

接着凑过来的是一头野猪。

她瞥了一眼画布就停了下来。

"这样根本不对！我生活的绿荫林怎么没有呢？画家怎么能忘记这一点？"

于是，她在地平线那儿加了一些浓郁的绿树丛。

一群蜜蜂嗡嗡嗡地飞了过来。

"嗡嗡，嗡嗡！嗡嗡，嗡嗡！没有花朵！不够完美！"

他们抬起画笔在草地上画满了各种各样的花朵。

这幅画看起来比之前好多了。

绵羊、松鼠、小鸟、野猪，还有蜜蜂都在津津有味地欣赏他们的成果，一只大灰狼慢悠悠地走了过来。

他认真地盯着画布看了很久，可一句话也没说。

"嗯……"大灰狼终于开口了，"画得真不错，伙计们。不过你们知道吗？还可以更棒！你们全部站到橡树的前面，保持不动，不会太久的。"

　　然后他拿起画笔，画了起来。

等大灰狼画完，大家都围过来看。他们十分惊喜，纷纷鼓起掌来。

"天啊，简直完美！"

"太漂亮了！"

"了不起。"

"你太有才华了，大灰狼先生！"

"嗡嗡，嗡嗡！天才！"

然后他们就各自回家了。

巴勃罗醒了，打了个大大的哈欠。

"好奇怪的梦啊。"他说，"多漂亮的一幅画……

现在我十分清楚要怎么画了！"

他冲到画架前，开始画了起来。

终于画完了，巴勃罗收拾好东西，回家。

画展开幕了，巴勃罗的作品成了全场最耀眼的一幅，大家一个接一个向他表示祝贺！

"简直完美！" "太漂亮了！" "了不起！"
"你太有才华了，巴勃罗！" "天才！"

对巴勃罗来说，这就是梦想成真。